샘터어린이

샘터가 소망하는 우리 아이들의 얼굴입니다.
이 행복한 마음 담아 여러분 곁으로 찾아가겠습니다.
www.isamtoh.com

철 수세미와 안수타인

강난희 글 · 최정인 그림

샘터

차례

1
은색과 철색

~~~~~~~~~~~~

"엄마, 엄마! 엄마 어딨어?"

학교에서 돌아온 나는 엄마를 찾았다.

"어? 우리 윤서 왔니? 엄마 여기."

엄마는 부엌에서 설거지를 하고 있었다.

"설거짓거리가 이렇게 많아서야. 우리 윤서, 뭐 할 말 있어?"

엄마는 나를 잠깐 보고는 하던 일을 계속했다.

"설거지하는 거야? 수세미로?"

"그럼 수세미로 설거지를 하지, 행주로 할까? 하하. 이그! 그거 물어보려고 그렇게 엄마를 몇 번이나 부른 거야?"

"어? 어, 아니……."

엄마는 '아니'라는 내 말은 못 들은 것 같았다. 나는 슬그머니 엄마 옆으로 갔다. 엄마는 스펀지처럼 폭신해 보이는 네모난 은색 수세미로 설거지를 하고 있었다.

"엄마! 은색이랑 철색이랑 같은 건가? 그렇겠지 엄마? 같은 색이겠지?"

"불 조절을 잘못했나? 압력밥솥 밑바닥이 왜 이렇게 까맣게 탄 거야. 모처럼 휴가 써서 쉬는 날에 타 버린 밥솥이랑 씨름하고 있는 건 정말 별로야! 근데 윤서야, 뭐라고 했지? 뭐가 같은 거냐고?"

엄마는 설거지하느라 바빠서 내 질문은 잘 듣지도 않았나 보다.

"은색이랑 철색이랑 같은 거냐고."

"왜 이렇게 안 닦여. 타도 너무 탔나 보네. 수세미를 바꿔 닦아야겠다. 아무래도 그래야겠지? 그게 맞겠지, 윤서야?"

이번에도 엄마는 바로 대답을 하지 않았다. 오히려 내게 질문을 했다. 설거지를 한 번도 해 본 적이 없는 내게 말이다. 나는 설거지할 때 수세미를 바꿔 가면서 한다는 것도 오늘 처음 알았다.

수세미가 낡아서 새 걸로 바꾸나 보다 했는데 그건 또 아니었다. 엄마는 아까 쓰던 수세미 대신 세제 통 옆에 있는 다른 수세미로 설거지를 이어 갔다. 내가 '그러는 게 좋겠다'라고 대답도 안 했는데 말이다.

엄마가 집어 든 수세미는 엉킬 대로 엉켜 버린 데다가 사이사이에 초록색 채소와 빨간 고춧가루까지 끼어 있어 아주 지저분했다. 압력밥솥을 닦기 전에 그 수세미부터 먼저 깨끗이 빨아 써야 할 것 같았다.

"은색이랑 비슷한 게 철색이냐고!"

같은 질문을 몇 번이나 하는지 모르겠다.

"철색? 처음 들어 보는 색인데? 그런 색이 있어?"

♡ ⠂

9

이제는 진짜 대답을 듣고 싶은데, 엄마는 또 내게

질문을 했다. 휴, 정말!

"우리 윤서 표정이 왜 그래? 엄마가 잘 몰라서 화난

거야? 철색이라……. 혹시,

철사 만드는 그 철? 쇠?

그거라면 은색이랑 비슷

하다 봐야겠지."

나도 은색이랑 철색이 비슷할 거라고 생각은 했다. 그래도 엄마한테 그 말을 들으니 마음이 한결 편해지는 듯했다.

"그럼, 아까 엄마가 설거지할 때 쓴 은색 수세미랑 철 수세미도 같은 거겠네?"

이번에도 엄마는 바로 대답을 하지 않고, 밥솥만 힘주어 닦았다. 수세미는 아까보다 더 지저분해졌다. 엄마가 압력밥솥 바닥을 닦을 때마다 검게 탄 밥알까지 수세미 사이에 끼기 시작했다.

지금 보니 수세미를 빨아서 다시 쓸 수 있는 상태가 아니었다. 당장이라도 버려야 할 것 같았다. 설거지하기에는 너무나도 더러웠다. 끔찍할 정도로!

"같나? 아니…… 다른가?"

엄마는 수세미를 자신의 눈앞까지 들이대 보고는 다시 압력 밥솥 안으로 가져갔다. 같다는 건지, 다르다는 건지 도무지 모르겠다.

"으."

더러운 수세미를 들여다보는 엄마의 모습에 나도 모르게 진저리를 쳤다. 엄마는 이번에는 '끙' 소리를 내며 타 버린 밥솥을 더 힘들여 빡빡 닦았다. 밥솥이 구멍 날 정도로 말이다.

엄마가 힘을 줄수록 수세미는 더 엉망진창 사방으로 뻗치고, 밥솥에서 손을 뗄 때마다 검정 물까지 뚝뚝 떨어졌다. 이건 깨끗이 씻는 게 아니라 오히려 더 더럽게 만드는 것 같았다.

"엄마아! 같아? 아님 다르냐고!"

"같지."

다행이었다.

"않지."

가슴이 쿵 내려앉았다.

"다르다고? 진짜? 진짜 다르다고?"

놀란 나는 몇 번이나 엄마에게 묻고 또 물었다. 엄마가 설거지하느라 굽히고 있던 허리를 펴며 말했다. 손에 그 끔찍한 수세미를 든 채로.

밥솥에서 묻어 나온 까만 찌꺼기들이 엉켜서 아까보다 더 더러워 보였다. 얼마나 힘을 줘 설거지했는지 둥글어 보이던 수세미는 가발로 써도 될 정도로 기다랗게 늘어져 귀신 머리처럼 보이기도 했다. 엉망진창이었다.

"아휴 후, 달라."

"그럼 어떤 거야? 철 수세미가 어떤 건데?"

"어흥! 여기 있다, 철 수세미!"

"뭐? 어허, 아아앙!"

나는 그만 울음이 터지고 말았다.

"왜 울어, 어? 우리 윤서 갑자기 왜 우는 거야? 응?"

"아아아앙아아아앙, 아아아."

울음소리가 더 커졌다.

"엄마가 갑자기 '어흥!' 해서? 그래서? 미안해, 미안해. 윤서가 그런 거로 놀라리라곤 생각도 못 했어."

엄마가 나를 꼭 안았다. 손에 그 더러운 철 수세미를 든 채로 말이다. 철 수세미에서 떨어진 물이 내 목에 닿았다. 그 물은 곧 내 옷까지 적시기 시작했다.

"치워 치워! 치워어엉엉."

나는 엄마를 자꾸자꾸 밀쳐 내며 말했다.

"처얼, 수세미이이 치워어엉."

내 울음소리는 더욱더 커졌고 얼굴은 눈물과 콧물로 범벅이 되고 있었다. 엄마는 그 더러운 수세미를 여전히 손에 든 채로 나를 더 꼭 안으려 했다.

철 수세미에서 떨어지는 검은 물이 점점 더 넓게 내 등을 파고

들었다. 철 수세미처럼 내 몸이 지저분해질 것만 같아 무서웠다.

"치우라고? 수세미?"

나는 울면서 고개만 연신 끄덕였다. 그제야 엄마가 들고 있던 철 수세미를 싱크대에 던져 버렸다.

"치웠어. 치웠어. 울지 마, 우리 윤서 울지 마."

여전히 엄마는 나를 꼭 안으려 했고, 나는 엄마에게서 벗어나려고 발버둥을 쳤다. 목이 쉴 정도로 큰 소리로 울고 또 울면서.

나는 은색과 철색이 비슷하니까 엄마가 처음 썼던 은색 스펀지 같은 수세미랑 철 수세미는 색깔만 조금 다를 거라고 생각했다. 전혀 다른 수세미라고는 조금도 생각하지 못했다.

더럽고 지저분한 그게 철 수세미라는 걸 안 순간 공포 영화를 볼 때보다 더 무서웠다. 철 수세미는 나에게 눈 감을 시간을 주지 않았다. 무서운 장면에서 말이다.

2
거짓말 같은 이야기

ᶜᵉᵉᵉᵉᵉᵉᵉᵉᵉ

태어나면서부터 머리를 단 한 번도 자르지 않은 나에 대해 이
야기해야겠다. 그럼 '라푼젤'처럼 머리가 길겠다고? 정말 그랬
다면 얼마나 좋았을까. 부러울 정도로 윤기 나는 금발에 그 누구
보다 빠르게 자라는 긴 머리를 가졌으니 말이다.

내 머리는 무슨 마법에 걸린 건지 어깨까지만 자란 이후로 더
자라지 않고 있다. 거기다 머리를 빗을 때마다 꼬집힌 것처럼 아

♡˚

프고, 자꾸 엉켰다. 머리 색도 정말 독특하다. 은색이라고는 하는데, 인제 보니 엄마 아빠 눈에만 그렇게 보이는 거였다.

내 머리를 처음 본 사람들은 나보고 막 멋지다고 했다. 어렸을 때는 진짜 멋지다고 하는 줄 알았다. 지금 생각해 보면, 그 말은 이 질문을 하고 싶어서 한 말이었다.

"가발이죠? 설마…… 진짜 머리예요?"

그럴 때마다 엄마, 아빠는 말했다.

"네! 진짜 머리예요. 저희 아이는 특별한 아이거든요!"

나는 내 머리 모양과 같은 모양의 머리를 한 아이를 본 적이 없다. 나는 특별한 아이가 아니라 사실 남다른 아이였다.

유치원에 다녔을 때는 내 머리에 대해 뭐라고 하는 아이들이 거의 없었다. 선생님이 내가 멋지게 파마를 했다고 말했으니까. 하지만 아이들은 내가 자기들 마음에 안 들 때마다 '사자 머리'라고 불렀다. 장난감을 서로 갖고 놀겠다며 싸웠을 때라던가, 내가 선생님 질문에 답을 잘할 때라던가 말이다. 친구가 대답할 때는 잘한다고 엄지척을 하면서 말이다. 나도 친구가 똑똑하다는 건 인정한다. 나는 하나도 알아듣지 못하는 영어로 원어민 선생님하고 신나게 이야기하니까.

아, 그리고 내가 11단 송을 부르고 다닐 때도 아이들은 사자 머리라고 불렀다. 구구단은 좀 지루한데, 11단 송은 머릿속에서 숫자들이 막 움직이는 것 같아서 재미있다. 그런데 아무리 생각해도 내가 11단 송을 부르는 게 사자 머리랑 무슨 관계가 있는지 모르겠다.

초등학교에 들어가니 아이들은 나를 신기해했다. 내게 무슨 질문들을 그렇게 많이 하던지 정말.

"너는 왜 머리가 철 수세미야?"

처음 들은 질문이 바로 이거였다. 이 말 때문이었다. 내가 그렇게 은색 수세미와 철 수세미가 같은지 엄마한테 묻고 또 물었던 이유 말이다. 철 수세미는 지금 생각해도 끔찍하고 무섭다.

진구와 나는 초등학교에 들어와서도 계속 같은 반이 되었다. 생일이 둘 다 같은 3월이라 매번 함께 생일 파티를 준비하면서

우리 엄마와 진구 엄마는 친해졌다. 그래서인지 엄마는 진구가 다니고 있는 수학 학원에 관심이 많았다.

"윤서도 입학시험을 보면 되죠. 호호호. 근데 윤서 엄마, 우리 진구가 다니는 학원은 나중에 특목고 들어갈 애들만 다니는 곳이에요. 알고는 있죠?"

특목고? 그게 뭔지 잘은 몰랐지만 모두가 인정하는 똑똑한 진구가 가려고 다니는 학원이면 나는 입학시험을 보나 마나일 거라고 생각했다.

"아 참, 혹시 입학시험에서 떨어지더라도 절대 윤서가 공부를 못 해서 그런 게 아니라 아직 한 번도 학원을 안 다녀서 그런 거니 실망하지 마세요! 실망 금지! 알았죠? 혹시나, 아니 혹시나 떨어질까 우려되어서 하는 말인 거 아시죠? 호호호."

진구 엄마의 걱정 덕분이었을까? 나는 입학시험을 통과했다. 나와 우리 엄마 모두 깜짝 놀랐다. 물론, 진구보다 낮은 수준의 반에 들어가긴 했지만 말이다. 진구 엄마가 걱정하지 않게 되어서 정말 다행이었다.

신이 난 엄마는 바로 진구 엄마에게 전화해서 시험 결과를 알려 줬다. 엄마는 내가 국어보다 수학을 잘하는 걸 보니 아무래도 '이과' 같다고 했다. 맞는 것 같았다. 나는 책 읽는 걸 싫어하고, 그래서 말뜻을 잘 몰랐다.

한번은 《심청전》을 읽다 궁금한 게 있어서 엄마한테 물은 적이 있다.

"엄마, '공양미'가 누구야?"

"누구? 공양미? 설마 성은 '공' 씨고 이름은 '양미'라고 생각한 거니?"

엄마가 한숨을 쉬며 말했다.

"휴우. 그건! 사람 이름이 아니라 소원을 들어 달라고 부처님께 바치는 쌀이야."

나는 진심 사람 이름인 줄 알았는데? 왜냐하면 우리 할머니 이름이 '공양자'니까!

하루는 학교에서 점심을 먹으려고 아이들과 줄을 서 있는데, 진구가 내게 말했다.

"너 머리 탈색한 거지? 그래서 머리가 나빠질지도 모른다더라. 우리 엄마가."

그때 내 귀에 콱 들어온 말은 '탈색'이라는 어려운 단어보다 머리가 나빠진다는 말이었다. 그런 말도 안 되는 말을 나보고 믿으라니!

믿기지는 않았지만, 내심 무서워진 나는 점심으로 나온 콩밥에서 콩만 골라 먹었다. 할머니가 그랬다. 콩을 먹으면 머리가 좋아진다고. 왜 내 밥에는 콩이 조금만 들어 있는 건지 속상했다. 진구 말이 틀렸다는 걸 보여 주려면 콩을 하나라도 더 먹어야 하는 데 말이다.

아이들의 질문은 참 다양했다.

"우리 아빠는 네가 망치가 됐대. 아니 방……치인가? 그거 됐다던데?"

철 수세미 사건 이후로 나는 모르는 말이 있어도 엄마한테는 묻지 않았다. 그 대신 검색을 하거나 할머니한테 물어봤다. 어른들은 왜 자꾸 어려운 말을 해서 나를 힘들게 하는지 모르겠다.

그런 일이 자주 생기니까 어떨 때는 '진짜 내가 그런가?' 하는 생각도 들었다.

국어사전에 '방치'는 이렇게 쓰여 있었다.

방치: 내버려둠.

우리 집에서는 엄마도, 아빠도, 할머니도, 그 누구도 나를 내버려두지 않는다. 오히려 '이거 해라', '저거 먹어라' 해서 나를 귀찮게 하면 했지.

국어사전을 검색하면 새로운 말뜻을 많이 알게 된다. 그게 어떨 때는 좀 재미있게 느껴진다. '방치'의 다른 뜻이 글쎄, '엉덩이'라는 말이란다. 반 아이들은 절대 모를 거다. 애들이 모르는 말을 내가 알고 있다고 생각하니, 내 머리가 나빠질 거라는 말이 떠올라서 또 화가 나려 했다.

검색해도 알 수 없는 말은 공양자 할머니한테 질문했다. 우리 공양자 할머니는 예전에 책을 엄청 읽어서 모르는 게 없다. 오히려 책을 많이 읽어서 그런지 뒤죽박죽 헷갈리는 것 같다. 내가 논술 학원 숙제로 《홍길동전》을 읽고 있는 모습을 보고, '허균'

이 쓴 책이라고 했다가 다시 '허준'이라고 하는 걸 보면 말이다.

요즘 들어 가끔 할머니는 일요일이라 쉬고 있는 나한테 가방을 메어 주며 늦는다고 빨리 학교 가라고도 하고, 어떨 때는 현관 비밀번호를 일부러 잘못 누르기도 했다. 벨을 마구마구 누르고, 현관문을 손으로 툭툭툭툭 두드리면서 '모윤서 씨, 빨리 문 열어 주세요'라고 하면서.

할머니가 그럴 때마다 엄마는 이상하게도 자꾸 왜 그러냐며 막 화를 냈다. '내가 정말 못 살아.' 이런 말도 하면서. 우리 귀요미 공양자 할머니한테 말이다.

오늘도 나는 모르는 단어가 생겼다.

"할머니, '학땐' 그게 뭐야?"

"학땐? 글쎄, 학땐이 뭘까? 처음 들어 보는 말인데. 학땐이란 말이 정확해? 잘못 알아들은 건 아니고?"

"분명 '학땐'이라고 했는데……."

내가 고개를 갸웃하며 머리를 긁적이자 할머니도 나를 따라

25

머리를 긁적이며 말했다.

"학땐, 학땐. 아! 혹시 그건가?"

"뭔데? 할머니 뭔데?"

"텔레비전에서 본 것 같아. 왜 거기. 세계 여러 나라 여행하는 방송에서 나왔어."

"그래서 그게 뭔데, 응? 응?"

"그러니까 그게, 그런데. 아휴, 기억이 안 나 미치겠네. 입에서만 맴돌고 말이야."

도대체 그게 뭔지 내가 더 답답해 미칠 것 같았다.

"학센! 그래 '학센'이야!"

"학센? 그건 또 뭔데?"

할머니는 신이 나서 핸드폰으로 검색한 걸 보여 줬다. 커다란 주먹처럼 생겼는데, 사진만으로는 도무지 뭔지 알 수가 없었다.

"이게…… 뭐야, 할머니?"

"족발, 그거 족발이야. 독일 족발! 학센 한번 먹어 보고 싶단 말이지. 윤서 너도 어때? 먹고 싶지? 우리, 네 엄마한테 사 달라

SCHWEINSHAXEN

고 할까?"

할머니가 깔깔깔 웃으며 나를 쳐다보고 말했다.

"할머니, 정마알!"

"왜 족발 싫어?"

"할머니, 족발은 절대로 아니야. 아닐 거라고."

"아닐 거라고? 왜 족발이 아니야?"

나는 할머니에게 반 아이들한테 들은 이야기를 그대로 다 말
했다.

3
곱슬머리 펴는 법

eeeeeeeeee

"어떤 애가 나한테 그랬어. 내 머리를 보고 자기 엄마랑 아빠가 이야기했대. '학땐가, 혹시'라고."

"윤서! 그런 말 누가 했어? 어떤 친구가 그랬냐고? 말해 봐! 어서 말해 보라고!"

퇴근한 엄마가 현관에 들어서다 내가 한 말을 들었나 보다. 그렇게 무서운 엄마의 목소리는 처음 들었다.

♡ ❛

29

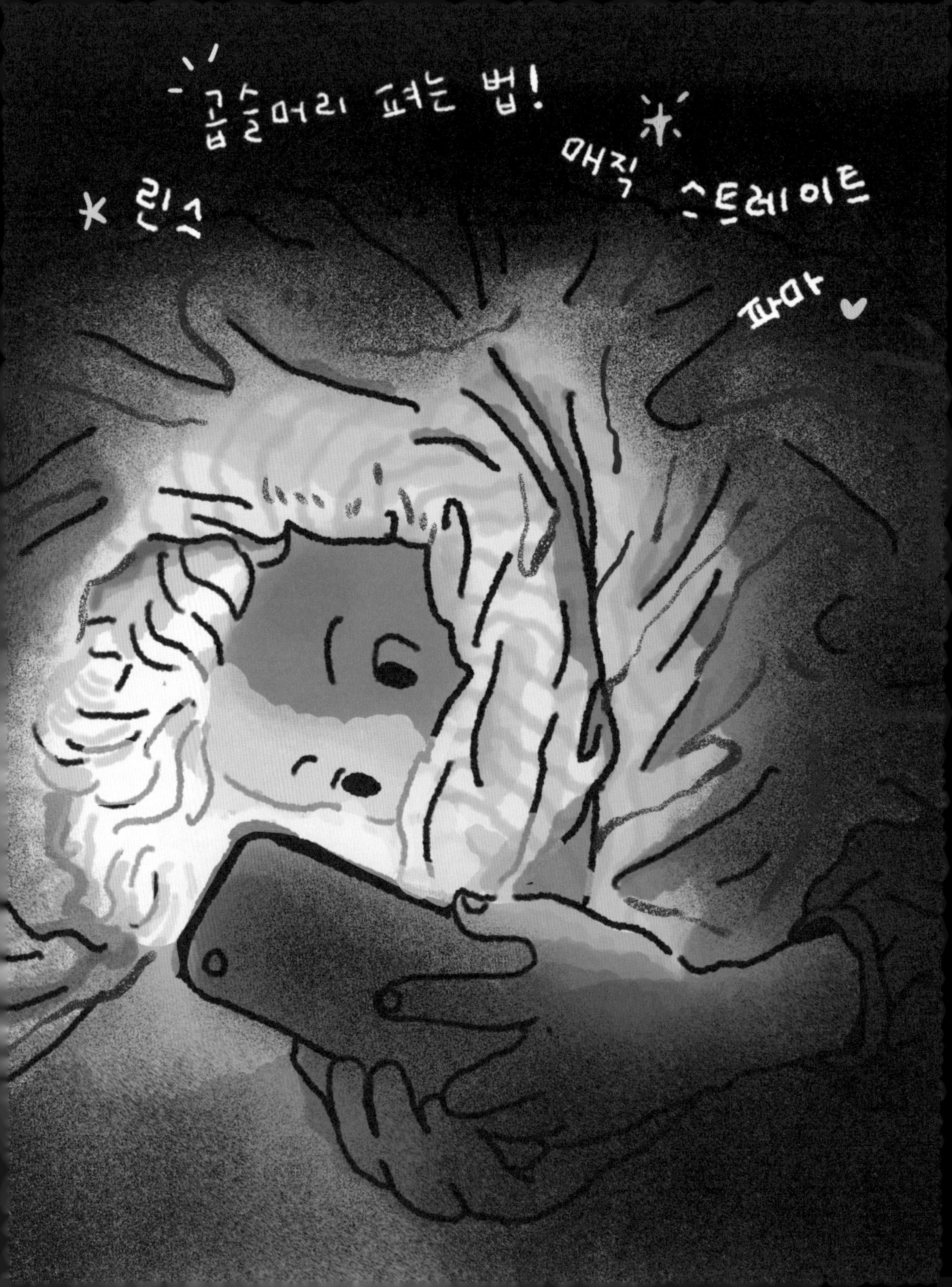

곱슬머리 펴는 법!
* 린스
매직 스트레이트
파마

"누가 그랬냐고! 어서 말 못 해?"

내 잘못도 아닌데 엄마가 나한테 화를 내며 물으니, 순간 아무것도 생각나지 않았다. 목소리도 얼마나 무서운지 쓰지 않던 존댓말까지 나왔다.

"몰라, 몰라요. 모른다고요."

"몰라, 몰라요. 모른다고요."

내가 한 말을 할머니가 그대로 따라 했다. 손으로 빌기까지 하면서 말이다.

"정말, 도대체 엄마까지 속상하게 왜 그래, 진짜!"

엄마가 방에 들어가 좀 쉬어야 할 것 같다고 했다. 나도 내 방으로 들어왔다.

침대에 누워서 핸드폰을 만지작거렸다.

'곱슬머리 펴는 법.'

매번 검색해도 새로운 게 없다. 린스를 쓰라는 말도 있지만, 결국은 미용실 가서 '매직'을 하라는 말이었다.

딱 한 번 나도 매직이란 걸 해 봤다. 지금 생각해 봐도 끔찍하다, 매직은! 미용사 아줌마가 내 머리카락을 빗길 때마다 머리가 너무 아파서 미용실이 떠나가라 울었다. 눈물도 나고 기침도 났다. 심지어 나는 웩웩거리며 미용실 바닥에 토까지 했다.

아픈 건 쉽게 사라지지 않았다. 집에 와서도 머리가 자꾸 아프고 따갑다고 우는 바람에 엄마가 병원까지 데려갈 정도였으니까. 그렇게 힘들게 매직을 했지만 머리카락은 엉켰던 처음의 내 머리 모양으로 금방 돌아오고 말았다.

카메라 어플로 내 머리 모양을 바꿔 봤다. 머리 색도 이것저 것 바꿔 봤다. 검은색, 금색, 보라색……. 어, 이건 뭐지? 은박지로 머리를 감싸고 있는 여자 사진이 갑자기 화면에 떴다. 붓으로 은박지에 무언가 바르고 있는 그 사진을 나는 한참 동안 바라봤다. 순간, 머릿속에 뭔가 떠올랐다.

나는 벌떡 침대에서 일어나 부엌에 들른 다음 바로 화장실로 갔다. 재빨리 문부터 잠그고 서둘러 선반 위에 있는 통에서 린스를 찾았다. 엄마는 왜 매번 헷갈리게 같은 통, 같은 그림에 뚜껑 색만 다른 샴푸랑 린스를 사는지 모르겠다.

나는 부엌에서 가져온 은박지를 잘라 그 위에 린스를 짰다. 손이 떨려 린스가 잘 짜지지 않았다. 핸드폰 속 사진처럼 머리에 은박지를 감쌀 때는 막 가슴이 쿵쾅댔다.

머리에 은박지를 감싸는 일은 생각보다 쉽지 않았다. 엄마가 물에 담가 둔 미역처럼 미끄럽게 펴져야 하는데, 오히려 펴져 있던 은박지가 자꾸 뭉쳐졌다. 두 손을 계속 머리 위로 올리고 있으니 팔까지 아파 왔다. 팔을 펴서 기지개를 한 번 하려 손을 뻗친 순간이었다.

"우다당탕탕."

선반에 있던 통들이 화장실 바닥으로 떨어졌다. 어느 게 린스이고 샴푸인지 헷갈렸다. 머리를 감싼 은박지가 늘어져 눈까지 가리면서 구별하는 게 더더욱 쉽지 않았다.

와, 답답해! 짜증이 오른 나는 잘라 놓은 은박지를 다 구겨 던져 버렸다. 그러고는 린스를 가득 짜 머리에 엄청 발라 댔다.

"아악!"

은박지와 머리카락이 엉켜 떼어 내기가 쉽지 않았다. 머리카

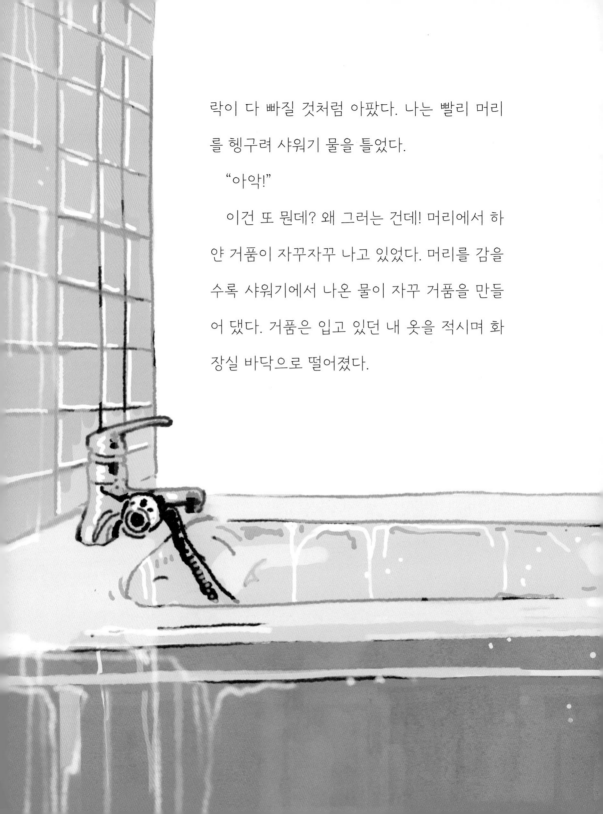

락이 다 빠질 것처럼 아팠다. 나는 빨리 머리를 헹구려 샤워기 물을 틀었다.

"아악!"

이건 또 뭔데? 왜 그러는 건데! 머리에서 하얀 거품이 자꾸자꾸 나고 있었다. 머리를 감을수록 샤워기에서 나온 물이 자꾸 거품을 만들어 댔다. 거품은 입고 있던 내 옷을 적시며 화장실 바닥으로 떨어졌다.

눈이 매워 왔다. 거품이 들어간 눈을 비벼 댈수록 자꾸 눈물이 났다. 나는 그만 주저앉고 말았다. 축축하게 젖은 게 몸인지 마음인지 헷갈렸다. 오랫동안 그렇게 나는, 화장실 바닥에 주저앉아 있었다.

어제 있었던 일 때문인지 수업 시간이 너무 지루하기만 했다. 수업이 얼마나 남았나 확인하려고 교실 벽에 걸린 시계를 보려는데, 복도 쪽 창문으로 머리가 보였다 사라졌다 하고 있었다. 누군지 보려고 슬쩍 엉덩이를 들어 올리는 순간 종이 쳤다. 동시에 교실 문을 열고 누군가 인사를 하며 들어왔다.

엄마였다. 엄마가 회사에서 반만 일하고 온 거였다. 평소에 내가 학교 가기 싫다고 할 때마다 결석이든 조퇴든 절대 안 된다고 했으면서.

선생님과 이야기하면서 엄마가 울기 시작했다. 반 아이들이 빠져나간 교실에 어제 무섭게 화를 냈던 엄마의 모습은 없었다. 어깨를 들썩들썩하면서 선생님 앞에서 우는 엄마만 있을 뿐이었다. 그 모습이 창피하면서도 슬펐다.

나는 다짐했다. 이제 학교에서 들은 말은 절대로 집에 와서 이야기하지 않기로 말이다.

다음 날 조회 시간, 선생님이 반 아이들에게 내 머리 모양에 대해 다시는 어떤 말도 하지 말라고 경고했다. 그래서인지 아이들이 내 머리를 두고 이야기하는 일이 적어졌다. 하지만 나를 놀리던 아이들이 사라진 건 아니었다.

"얘들아, 잘 들어. 모윤서한테 이제 사자 머리라고 부르지 마."

나는 웬일인가 싶어 진구를 빤히 쳐다봤다.

"모윤서 머리가 사자 머리처럼 사방으로 뻗친 건 맞지만 갈색은 아니잖아?"

그래서, 또 무슨 소리를 하려는 건지?

"내가 너희들한테 뭐 하나 보여 주려고! 자, 잘 봐! 두구두구두구두구……."

마치 마술 상자에서 누구도 상상하지 못할 물건을 꺼내 보여 줄 것 같은 표정을 지으며 진구가 가방에서 지퍼 백을 꺼내 들었다.

"이거다, 이거!"

여기저기서 "뭔데, 뭔데" 하는 아이들의 목소리가 들렸다. 나는 고개를 숙인 채 눈을 치뜨고 지퍼 백 안을 뚫어지게 쳐다봤다.

여기저기서 "웩, 우웩" 하는 소리가 났다. 아이들은 토 나올

것 같다고 빨리 치우라고 했다. 이런 반응에 신이 난 진구가 웃으며 말했다.

"이게 수세미인 건 알아도 이름이 정확히 뭔지는 몰랐지? 이게 바로 '철 수세미'라는 거야! 어때? 모윤서 머리랑 똑같지?"

진구 손에 들린 철 수세미는 일부러 그렇게 만든 것처럼 우리 집에 있는 철 수세미보다 더 엉망이었다. 진구랑 가장 친한 이서가 세상 신난 목소리로 노래를 불렀다.

"무엇이 무엇이 똑같을까, 모윤서 머리랑 똑같아요!"

"그렇지? 이 철 수세미가 모윤서 머리랑 똑같지?"

그때 교실로 들어오던 선생님이 진구와 이서를 발견했다.

"구진구! 손에 들고 있는 그거, 보여 줄래요?"

진구는 들고 있던 철 수세미를 선생님께 주었다.

"여러분에게는 부모님이 지어 주신 좋은 이름이 있어요. 그 이름은 존중받아야 하죠. 그러기 위해서는 여러분들이 그 이름을 불러 주어야 해요. 기분 나쁜 별명 같은 거 말고요. 알았죠?"

하루가 너무 길었다. 쉬는 시간 내 옆을 지나가며 웩웩거리는 아이들도, 철 수세미가 생각난다며 점심을 먹기 싫다는 아이들도 있었다. 괜찮냐며 말을 걸어 주는 아이들도 분명 있었지만 그 아이들의 목소리는 내 귀에 들어오지 않았다.

마지막 수업이 끝나고 선생님은 진구에게 철 수세미를 돌려줬다.

"이제 모윤서한테 철 수세미라고 부르지 않을게요. 선생님."

진구가 고개를 숙이며 말을 했다.

"너희들도 그럴 거지?"

이렇게 물은 건 놀랍게도 선생님이 아니라 진구였다. 반 아이들도 고개를 열심히 끄덕였다.

반에서 '철 수세미'라는 단어는 사라지는 듯했다. 그 대신 진구는 갑자기 '쇠롭다'라는 남다른 말을 쓰기 시작했다. 반 아이들이 새 신발을 신고 오거나, 학교 급식에 특별한 반찬이 나오거나 뭔가 평소와 다른 일이 생길 때마다 말이다. 유독 '쇠'를 강조하며 말하는 '쇠, 롭다'가 '쇠로 만드는 철 수세미'라고 나를 대놓고 놀리지 못해 억지로 만든 말이라는 걸 모르는 아이는 없었다.

그사이 우리 반에 '서고은'이라는 전학생이 왔다. 고은이는 독일에서 살다 왔다고 했다. 이름도 예쁜 데다 웃는 것도 예뻐서 고은이랑 친해지면 좋겠다는 생각이 들었다. 선생님은 고은이가 아직 한국말을 잘 못 하고 친구도 없으니 모두 잘 챙겨 주라고 말했다.

인사를 마치고 내 앞자리에 앉던 고은이가 갑자기 뒤돌아봤다. 고은이는 나를 보고 활짝 웃으며 말했다.

"쇤, 안수타이가타."

정확히 무슨 말인지는 모르겠지만 독일말인 듯했다. 내가 고개를 갸우뚱해 보이자 고은이는 여전히 얼굴에 미소를 띤 채 내 눈을 맞추고 다시 한번 힘주어 말했다.

"쇤, 안수타이가타."

'얀수탈이가타' 또는 '안슈타인가타'로도 들리는 그 말은 고은이가 웃으면서 말해도 뭔지 모르게 좀 딱딱하게 들렸다. 쇤? 쇤이라고……? 설마 쇠를 말하는 걸까?

그때 '쇠, 로운' 나라에서 '쇠, 로운' 친구가 전학 왔다고 진구가 실실 웃으며 말하는 소리가 들렸다.

　　처음 만난 아이까지 나를 이렇게 놀리다니……. 순간 나는 불끈 약이 올라, 화가 난 복어처럼 두 볼을 부풀렸다. 하지만 이내 '푸' 하고 나온 한숨과 함께 양 볼에 꽉 찬 공기가 사라졌다. 내 마음도 같이 쪼그라들었다.

4
같은데 다른 것

~~~~~~~~

그렇지. '쇠롭다' 정도로 만족할 구진구가 아니지.

"암산 문제! 철 수세미가 한 상자에 37개씩 50상자가 있으면 철 수세미는 모두 몇 개일까요? 크윽크, 모윤서! 철 수세미는 몇 개일까?"

진구가 아주 치사한 방법으로 내 별명을 부르기 시작했다.

"1,850."

킥킥대며 웃던 진구 얼굴이 내 대답에 찌푸려졌다. 37의 100배, 그러니까 3,700의 반값을 찾는 쉬운 문제를 내다니. 몇몇 아이들은 문제가 뭐였냐며 진구에게 다시 묻기도 했고, 답이 맞나 계산하려고 핸드폰을 찾기도 했다.

망설임 없이 당당하게 답하기는 했지만, 사실 내 마음은 그렇지 않았다. 진구가 은근히 철 수세미를 들먹일 때마다 차라리 사자 머리라고 불리던 때가 그립다는 생각마저 들었다. 사자 머리는 그래도 최소한 머리이기는 하니까.

"수철아! 수철아!"

오늘은 진구가 우리 반에 없는 수철이를 찾았다.

"누구가 수철?"

고은이가 어색한 말투로 물었다. 진구는 대답 대신 수철이를 또 불렀다.

"수철은 우리 할아버지 이름인데, 김수철! 설마 우리 할아버지를 찾는 건 아니지?"

동욱이가 웃으며 말했다. 반 아이들은 자꾸 수철이가 누구냐고 물었다.

"문제! 수철이는 누구일까?"

진구가 킬킬거리며 지난번처럼 문제를 냈다. 그러자 이서가
진구보다 더 나서서 킥킥대며 답했다.

"정답! 미세, 수! 철?"

처음 들어 보는 그 말이 단번에 이해되지 않았는데도 '철'이라
는 말이 들어갔다는 것만으로도 기분이 나빴다.

"미세, 수, 철. 미세수철……. 아하, 거꾸로 한 거네. 철 수세미
를!"

대단한 답을 발견했다는 듯이 으스대는 준우의 말에 여기저
기서 "아하, 아하" 하는 소리가 들렸다. 진구와 이서가 엄지를 내
세우며 깔깔대고 웃었다.

나는 너무 화가 나서 미칠 것 같았다.

그때 고은이가 또 뒤돌아 나를 보며 말했다.

"쇤, 안수타이가타."

"그게 뭐? 그게 뭔데? 안수타이가탄지, 안슈타이인지 뭔지도

모를 그게 뭔데! 그 독일말이 도대체 뭐냐고?"

나는 엉엉 울면서 진구와 이서에게 낼 화를 고은이에게 내고 있었다. 당황하던 고은이의 표정이 곧바로 울상이 되었다.

"쇤, 아니…… 미안해."

결국, 고은이도 울고 말았다.

'수철'이라는 또 다른 별명을 얻고 집에 온 나는 아무것도 하기 싫었다. 머릿속은 온통 아이들이 놀리는 소리로 가득 찼다. 고은이가 한 말도 자꾸 떠올랐다.

나는 컴퓨터를 켰다. 독일어 사전 검색창이 뜨자 가슴이 막 쿵쾅거렸다. 우선 정확히 들린 '쇤'이 뭔지 검색해 봤다. 검색 결과로 'schön'이 나왔다. 독일어로 멋진, 아름다운 뭐 그런 뜻이란다. 도저히 이해할 수 없는 말이었다.

다시 키보드를 두드렸다. '안수'까지 치니 사람 이름들이 나왔다. 그다음에 무슨 말을 쳐야 할지 몰라 잠깐 망설이던 나는 썼던 글자를 다 지워 버렸다. 고은이가 했던 '미안해'라는 말이 떠올랐기 때문이다. 나를 놀리려던 게 아니라면 금방 미안하다는 말도 하지 않았을 테니까.

아무래도 아직 한국말이 서툰 고은이가 한국말이랑 독일말을 섞어서 말한 것 같았다. '철'이랑 비슷한 말인 '쇠'를 '쇤'으로 말한 걸 이번에도 내가 분명 잘못 알아들은 걸 거다.

지난번에 '학땐가, 혹시'라는 말도 내가 잘못 알아들은 것처럼 말이다. 그 말은 사실 '학땐'이 아니라 '학대'였다. 엉키고 부스스한 내 머리 모양만 보고 내가 우리 엄마 아빠에게 아동 학대를 당하고 있다고 말한 거였다.

고민할수록 머리가 아파 왔다. 나는 할머니랑 이야기라도 해야겠다는 생각이 들었다. 우리 집에서 제일 내 편을 들어 주는 공양자 할머니랑은 아무 말이나 다 할 수 있다.

"할머니 뭐 해?"

할머니는 대답이 없었다. TV 보느라 못 들은 것 같았다. 하긴 나도 게임 할 때는 누가 말을 시켜도 모를 때가 있으니까. 이런 건 할머니가 날 닮아 가는 것 같다.

나는 할머니 옆에 바짝 붙어 앉았다. 할머니가 나를 힐끗 보고는 다시 TV로 눈을 돌렸다. 언젠가 할머니가 이야기한 적이 있는 세계 여행 프로그램이었다.

"할머니, 저기가 어디야?"

"……."

"할머니, 저 나라가 어디냐고?"

"어, 우리 윤서 왔어? 언제 왔어?"

"아까부터 옆에 있었잖아."

"그랬어?"

"할머니, 내가 저 나라가 어디냐고 아까 물었는데."

"그랬어?"

할머니는 자꾸 '그랬어?'라는 말만 반복했다. 할머니랑 대화하면 머리 아픈 게 좀 나아질까 했는데 아무래도 오늘은 아닌 것 같았다. 일어서서 다시 내 방으로 가려는데 할머니가 대답했다.

"퓌센."

"퓌센이란 나라가 있어? 처음 들어 봤는데?"

나는 다시 할머니 옆에 앉아 함께 TV를 보았다.

"퓌센 독일에 있는 디즈니 성."

"독일에 있는 퓌센이란 곳이네. 우리 할머니 헷갈렸구나? 근데 할머니, 디즈니면 미국 아닌가? 웬 독일?"

"그렇지. 디즈니는 미국이지. 월트 디즈니."

할머니가 내 말에 맞장구를 쳤다.

"지금 저기서 설명해 줄 거야.

난 몇 번을 보고 들었는데도 이상하게 기억이 잘 안 난단 말이야."

할머니 말대로 디즈니 성에 대한 설명이 나왔다. 이 성을 '히틀러'랑 '디즈니' 두 사람 모두 좋아했는데, 성을 대하는 태도는 전혀 달랐다고 했다. 히틀러는 자기가 죽으면 이 성을 폭파하라고 했고, 디즈니는 놀이동산 안에 이 성을 모델로 한 성을 만들었다고 한다. 그래서 이 성을 '디즈니 성'이라고 부르기도 한다는 말이었다. 그러고 보니 디즈니 애니메이션 첫 장면에 나오는 성이랑 비슷해 보였다.

뒤이어 《잠자는 숲속의 공주》 이야기에 나오는 궁전도 이 성을 배경으로 했다는 설명이 나왔다.

"근데, 제네 엄마 아빠는 왜 애가 계속 잠을 자게 놔뒀데? 애를 깨웠어야지. 흔들어 깨우든, 옆에서 꽹과리를 치든 일어나게 했어야지."

갑자기 할머니가 왕비와 왕을 두고 뭐라 하기 시작했다. 얌전히 잠자던 공주한테도.

"아니, 공주도 그렇지. 때가 되면 자기가 알아서 깨야지!"

"그거야, 저주? 마법인가? 하여튼 그거에 걸렸으니까."

"마법은 주문을 외우면 풀리는 거야."

"주문? 무슨 주문? 근데 저기 주문이 나오던가?"

책 속에는 무슨 마법도 주문도 그렇게 많은지. 나도 헷갈렸다.

"그렇게 오래 자면 당연히 꿈도 꿀 거 아냐? 잠꼬대도 할 거고. 그게 주문이지 뭐겠어."

농담을 너무 진지하게 말하는 할머니 모습에 웃음이 나왔다. 아까까지 아팠던 머리가 싹 낫는 것만 같았다.

"와, 완전 웃겨! 할머니! 잠꼬대가 무슨 주문이야?"

"꿈꾸면서 하는 말이니까 주문이지."

"그런가?"

웃기면서도 엉뚱한 할머니의 말에 묘하게 설득되고 있었다. 철 수세미인 내 머리를 바꿀 수 있는 주문이 있으면 좋겠다는 생각이 들었으니 말이다.

설명이 끝나고 성 이름이 자막으로 나왔다. '노이슈반슈타인'

이라고. 그러고 보니 독일말에는 정말 '슈타인'인지 '수타이'인지 하는 말이 참 많은 것 같다.

나는 자막을 소리 내 읽어 봤다.

"노앤슈반수타인, 아니 노인슈타인. 노이슈반수타인."

한글로 써 놓은 걸 읽는 데도 자꾸 발음이 꼬였다.

"윤서야, 할머니 따라 해 봐. 노이슈반."

"노이슈반."

"슈타인."

나는 계속 할머니를 따라 말했다.

"슈타인. 노이슈반, 슈타인! 오, 된다, 된다. 할머니 말처럼 하니까 되네!"

"그나저나 나, 저기 독일 가야 하는데."

지금 보고 있는 방송 프로그램을 몇 번이나 봤다고 하더니, 할머니는 진짜 독일을 가고 싶은가 보다.

"가고 싶지, 할머니? 나도 보니까 가고 싶어. 엄마 아빠한테 언제 한번 가자고 졸라 볼까?"

"그럴까? 저기 아주 좋아 보여. 가서 독일 친구들도 많이 사귀고 싶어. 거기에는 나 같은 노인도 많고."

"할머니 같은 노인? 할머니는 뭐가 달라?"

"노인이라고 다 같은 늙은이가 아니야."

이건 또 무슨 엉뚱한 말인가 싶어 나는 자꾸 고개를 갸우뚱거렸다. 그런 내가 답답하다는 듯 '아휴' 하고 가슴을 치던 할머니가 갑자기 내 귀에 대고 또박또박 큰 소리로 외쳤다.

"노인수, 반인! 수타이."

TV 화면에는 치매 노인이 길을 잃는 것을 방지하기 위해 만들었다는 독일의 '가짜 버스정류장' 이야기가 나오고 있었다.

5
수상한 모자들
eeeeeeeee

우리 가족 모두 가긴 가게 되었다. 독일이 아닌 게 다를 뿐이
지, 이사를 가게 되었다. 애들이 나를 놀려서 그런 건 아니었다.
아빠가 다른 지역으로 발령받았다고 했다. 엄마는 당장이라도
이사 가고 싶다고 했다. 새 학년이 시작되기 전에 말이다.

엄마가 빨리 이사 가고 싶어 하는 이유를 나는 알고 있었다.
엄마 생각과 달리 거기서도 나는 머리 때문에 놀림 받을 거란 것

역시 알고 있었다.

머리 때문에 진구뿐 아니라 다른 아이들한테 그렇게 놀림을 받았으면서 이상하게도 나는 이사 가는 게 별로였다. 하지만 결국 엄마 바람대로 우리 집은 이사를 했다.

이사 가자마자 불행은 시작되었다. '돌로 바이러스'라는 전염병이 전 세계로 번지기 시작했다. 새로운 학년이 시작되었지만, 돌로 바이러스 때문에 개학은 자꾸 늦춰졌다.

"학교에 안 가니 우선은 다행이야. 뭐, 언젠가 학교는 가야 하겠지만 당장 걱정거리 하나는 던 것 같아."

엄마의 그 말에 나는 기분이 별로 좋지 않았다.

며칠 뒤, 계속 연기되었던 개학이 이뤄질 거라는 뉴스가 나왔다. 유례없는 온라인 개학을 하게 된 것이다. 엄마는 온라인 수업을 반기는 것 같았다. 나는 한 번도 안 해 본 수업이라 긴장되는데 말이다.

불행은 혼자 오지 않았다. 바이러스로 인한 온라인 수업에는 또 다른 불행이 기다리고 있었다. 현관 앞에 쌓여 가는 택배 상

자가 그걸 말해 주고 있었다.

"이 모자 정말 예쁘지 않니? 그렇지

윤서야? 이 페도라는 생각보다

너무 근사하네. 멋져! 그렇지,

윤서야?"

엄마는 다른 택배 상자의 테이프를 뜯으며 말했다.

"다른 것도 우리 윤서 마음에 들었으면 좋겠네."

나는 엄마의 말을 이해할 수 없었다. 왜 내 마음에 들어야 하지?

"우리 윤서한테 어울리면 좋겠어."

"왜? 내가 쓸 것도 아닌데."

"우리 윤서도 모자를 쓰면 멋있어 보일 거야. 물론 지금도 멋지지만."

내가 모자 쓰는 걸 싫어한다는 사실을 그 누구보다 엄마가 제일 잘 알고 있으면서!

"장난이지? 아니지?"

엄마가 택배 상자에서 꺼낸 모자를 내게 씌우려 했다. 나는 잽싸게 두 손으로 머리를 가렸다.

"아니야, 장난. 한번 써 보고나 생각해 보자. 이제 네가 커서 어렸을 때랑 다를 수도 있어. 그럼 오늘은 말고, 온라인 개학할 때 써 보자. 응?"

엄마가 왜 자꾸 모자를 쓰라고 하는지 그 이유를 모르는 건 아니었다. 하지만 나는 애써 모른 척하고 싶었다.

"모자 쓰자."

온라인 개학 날 아침이 되자 엄마는 당연하다는 듯 말했다.

"꼭 써야 해?"

역시나 이번에도 엄마는 당연하다는 듯 나를 쳐다봤다. '괜히 이사를 와서는.' 이 말이 나오려는 걸 꾹 참으며 나는 모자가 가득 들어 있는 박스에서 손에 잡히는 대로 모자 하나를 집어 들었다.

"첫날부터 야구 모자는 별로잖니? 꼭 머리 안 감아서 쓴 것 같잖아."

"그럼 어떤 걸 쓰란 거야?"

나는 엄마를 한번 흘겨보며 투덜댔다.

"이거, 비니. 다른 모자보다 머리를 더 가릴 수 있으니 오늘 같은 수업 첫날에는 아주 딱이지. 감각 있어 보이기도 하고."

나는 모자를 쓰고 거울 앞에 섰다. 엄마 말대로 머리를 거의 다 가리긴 했다. 하지만 뭐가 감각 있어 보인다는 건지. 돌로 바이러스에 걸리지 않으려고 마스크까지 쓰고 있어서 누가 봐도 딱 도둑처럼 보이는데!

"그럴 줄 알았어. 잘 어울려, 아주! 이제부터 모자를 좋아하는 윤서가 되어 보자. 늘 주문을 외우는 거야. '나는 모자를 좋아하는 아이다', '모자는 나한테 정말 잘 어울린다' 이렇게 말이야."

이제는 내 마음까지도 엄마 마음대로 하려고 하다니. 우리 귀요미 공양자 할머니한테 어떻게 저런 독재자 엄마가 나왔을까?

수업 첫날 이후로 나는 어쩔 수 없이 매일매일 모자를 써야 했다. 수업 시간뿐만 아니라 밖에 나갈 때도 말이다.

"오늘은 이 모자 어때?"

엄마는 아침마다 모자를 손에 쥐고 내게 이렇게 똑같은 질문을 했다. 하지만 답은 이미 정해져 있었다. 나는 엄마가 책상 위에 놓아둔 모자를 써야만 했다. 우리 집은 수업에 앞서 교과서보다 모자를 더 챙기는 이상한 가족이 되어 있었다.

모자는 날마다 바뀌었다. 비니, 야구 모자, 페도라……. 같은 모자라도 하얀색, 검정색, 갈색, 파란색, 챙이 있는 것, 챙이 없는 것. 색깔도, 무늬도 다양했다.

반 아이들이 못 느낄 리 없었다. 하나, 둘 내 모자에 대한 말이 나오기 시작했다.

가장 먼저 나온 말은 머리를 전혀 감지 않아서 모자를 쓴다는 거였다. 이건 나도 반은 인정한다. 머리를 감아도 감지 않은 것과 별로 차이가 없다. 늘 곱슬곱슬 엉켜 있으니까. 어이없게도, 멀쩡한 내가 환자가 되기도 했다. 머리 수술을 받아서 매일 모자를 쓴다나 뭐라나.

모자 안에 무언가를 숨기고 있는 거 아니냐는 더 말도 안 되는 말이 나왔을 때는 오히려 거짓말을 들킨 것처럼 심장이 두근거렸다. 모자를 안 쓰고 있었다면 어쩌면 '철 수세미'라는 말이 나왔을지도 모른다. 그러면 진구가 그랬던 것처럼 여기에서도 놀림을 당할 게 뻔했다.

모자가 다 수상하게 보이는 것만은 아니었는지 '모자 매직'이라는 말도 나왔다. 내가 우리 반에서 수학 문제를 제일 빨리 오답 없이 푸는 건 모자를 쓰고 있기 때문이라는 이야기였다. 이때는 계속 모자를 쓰고 있어서 머리에서 열까지 나고 있는데도, 슬쩍 웃음이 나왔다.

처음으로 모자를 쓰고 있는 게 다 나쁘지만은 않다는 생각도 들었다. 예전 학교에서처럼 철 수세미라는 말도, 사자 머리라는 말도 들리지 않아 은근 좋기도 했다.

수학 시간마다 나는 거의 모자 매직이라는 말을 들었다. 너무 자주 그 말을 들어서 이제는 별 느낌도 없는데, 오늘은 이상하게도 그 말에 짜증이 났다. 모자를 너무 오래 쓰고 있어서 그런 걸까. 정확한 이유를 알 수 없었다.

수업 중에는 카메라를 켜야 할 때도 있지만 그렇지 않을 때도 있었다. 오늘 수업이 그랬다. 선생님이 수학 익힘책 문제를 풀라고 시간을 주었다.

나는 카메라를 끄고 페도라부터 벗었다. 엄마가 주는 모자 중에 유일하게 마음에 드는 모자였다. 그 모자를 쓰고 있으면 수업을 듣는 게 아니라 꼭 외국에 여행을 와 있는 것 같았다.

나는 언제나처럼 술술 문제를 풀었다. 주어진 시간보다 빨리 수학 문제를 푼 다음 채팅 창에 '다 풀었음'이라고 쓰고 엔터 키를 눌렀다.

"턱!"

동시에 둔탁한 소리를 내며 뭔가가 내 머리에 얹혔다. 그게 내 한쪽 눈까지 가렸다. 깜짝 놀란 나는 방문 쪽을 쳐다봤다. 엄마가 젖은 머리를 하고 나를 바라보고 있었다.

내 머리에 떨어진 건 엄마가 머리를 말리던 젖은 수건이었다. 나는 어이없는 표정으로 엄마를 바라봤다. 뭐라 설명할 수 없는 엄마의 표정이 검게 탄 밥풀과 뭔지 모를 초록색 채소, 그 사이사이 고춧가루까지 달라붙어 있는 철 수세미를 처음 봤을 때의 충격보다 더 크게 다가왔다.

철 수세미의 더러운 검은 물이 내 몸을 적신 것처럼, 젖은 수건의 물기가 온몸으로 스며드는 것 같았다. 나는 머리에 얹힌 수

건을 손톱 끝까지 힘을 꽉 줘 당겼다. 축축해진 얼굴을 거칠게 문질렀다. 철 수세미가 뭔지 처음 알았을 때는 곧바로 눈물부터 났었는데, 지금은 화가 났다. 나는 이를 악문 채 엄마를 노려봤다. 온몸에 다 힘이 들어가고 있었다.

이제 답을 맞혀 보겠다는 선생님 목소리가 들렸다. 나는 몸을 돌려 모니터를 째려봤다. '다 풀었음'이라는 내 말 아래에 '부럽,

모자 매직'이라고 쓰여 있었다.

부러우면 너도 모자를 쓰든가!

"부럽긴 무슨! 알고 보니 메두사?"

들어 본 적 없는 '메두사'라는 말이 왠지 모르게 철 수세미가 무엇인지 알았을 때처럼 무섭게 느껴졌다.

채팅창이 또 올라갔다.

"뱀 머리, 메두사!"

"뱀, 스읍ㅋㅋㅋㅋ."

"어흐흑."

나도 모르게 나온 흐느낌에 엄마는 급하게 말하기 시작했다.

"착각했어. 수업이 끝난 줄 알았어. 그래서 방에 들어갔던 거야."

절대 그럴 리가 없었다. 엄마는 내 시간표를 다 외우고 있으니까.

"그러다 본 거야. 네가 모자를 쓰고 있지 않은 걸 말이야. 그래서 놀라서 그랬어. 당황해서."

나라면 아무리 당황해도 젖은 수건 같은 건 절대로 던지지 않

았을 거다. 아니, 처음부터 싫어하는 모자를 쓰라고 하지 않았 겠지.

"그러게 왜 수업 중에 모자를 벗어선!"

엄마의 외침에 나는 눈물이 나려는 걸 꾹 참고 씩씩대며 엄마 를 째려봤다.

"아까부터 자꾸 뭘 그런 눈으로 엄마를 보는 거야? 네가 처음 부터 모자를 안 벗었으면 아까 같은 일은 없었을 거 아니야! 그 래, 안 그래?"

"그렇게 따지면, 엄마가 나를 다른 애들 머리처럼 낳았으면 되었을 거 아니야! 맞잖아! 그렇잖아!"

참았던 눈물이 나왔다. 나는 소리를 지르며 목이 터지도록 울 었다. 너무 울어서 기침도 나오고 토할 것처럼 웩웩 소리도 났다.

엄마도 울기 시작했다. 학교에 찾아와 선생님 앞에서 울었던 것처럼. 지난번과 다른 게 있다면 엄마의 울음에 내 울음까지 섞 여 두 배가 된 것이었다.

6
엉킴털 증후군

"그렇게 태어나게 해서 미안해. 정말 미안해. 윤서야."

화가 나서 했던 말에 엄마가 이런 반응을 보일 줄은 몰랐다.

"윤서야, 너 머리 피려고 매직했다가 너무 아파서 병원까지 간 거 기억나지? 그때 병원에서 이것저것 검사도 했잖아."

끔찍했던 기억이 또 떠올랐다.

"윤서는 머리를 빗어도 금방 사방으로 펼쳐지잖아. 머리가 곱슬곱슬해서 자주 엉키기도 하고. 또 머리카락 색도 다르고. 이제는 알려 줄 때가 된 것 같아. 윤서 같은 머리 모양을 가진 사람은 전 세계에 백 명 정도 있대. 우리 윤서는 말이야……. '엉킴털 증후군'이래."

처음 들어 본 엉킴털 증후군이라는 말이 죽을지도 모르는 아주 무서운 병처럼 느껴져 가슴이 조여 왔다.

"어려운 말이라 놀랐겠지만, 그럴 필요 없어. 생활하는 데는 아무런 지장은 없다고 했으니까. 다른 사람들이랑 '모낭'이라고 하는 털주머니 모양이 다를 뿐이야. 일반적인 모낭은 둥글다고 해. 윤서랑 다르게 말이야. 그렇다고 실망할 필요는 없어. 의사 선생님이 희망적인 이야기를 해 줬거든."

치료할 수 있는 약이 곧 나오는 건가? 그럼 나는 모자를 쓰지 않아도 되는 건가?

"자연스럽게 엉킴 머리에서 돌아올 수도 있대. 언젠가. 당장 내일이라도. 어쩌면……."

'언젠가'라는 말과 달리 '어쩌면'이라는 엄마의 말에는 힘이 빠져 있었다.

"그래서 말인데…… 모자는 쓰기만 하면 되니까 특별히 힘들지도 않고, 수학 시간마다 모자 매직이라는 말도 듣는다며? 좋은 말이잖아? 그러니까…… 모자는 쓰자. 네가 엉킴털 머리에서 돌아올 때까지만. 부탁이야. 응?"

나는 엄마의 말에 아무런 대답을 하지 않았다. '엉킴털 증후군'과 '모자 매직'이라는 단어만 자꾸 머리에서 빙빙 돌고 있었다.

엉킴털 증후군을 가지고 있다는 사실을 안 다음부터 나는 자주 카메라를 끈 채 수업을 들었다. 답답한 모자를 벗고 있으면 트램펄린 위에서 뛰는 것처럼 하늘로 팡팡 튕겨 오르는 듯한 기분이 들었다. 눌려 있던 머리가 사방으로 자유롭게 펴져 완전 시원했다.

마치 내가 모자를 썼기 때문에 수학을 잘하는 것처럼 돼 버렸지만, 내게 모자 매직은 처음부터 필요 없는 거였다. 모자 매직이라는 말에 점점 짜증이 났던 이유가 바로 이거였다. 나는 그런 이상한 마법 없이도 원래 수학을 잘하니까.

나는 모자를 쓰자는 엄마의 부탁을 거절하기로 마음먹었다. 수업 중에 내 얼굴이 보이지 않는다고 선생님이 뭐라고 하면, 뭘 잘못 건드려서 카메라가 꺼졌다고 했다.

"윤서! 너 요즘 왜 자꾸 카메라를 끄는 건데? 선생님한테 전화 왔잖아. 자꾸 그럴래?"

엄마야말로 왜 자꾸 모자를 쓰라는 건데?

"모자 쓰는 게 뭐 그렇게 대단히 힘든 일이라고."

엄마는 또다시 모자를 쓰는 일이 대수롭지 않다는 듯이 말했다. 그런 엄마의 반응이 오히려 내 생각을 더 단단하게 만들고 있었다.

"안 힘들다고? 매일 모자 쓰고 있는 게 힘들지 않다고? 엄마는 잠깐 쓰는 것도 힘들어서 못 참겠다며."

"엄마가 언제? 언제 그런 말을 했어?"

"비닐 모자 썼을 때! 파마할 때 말이야. 힘들다고 빨리 벗고 싶다고 했잖아."

엄마는 입을 벌린 채 아무 말도 하지 못했다.

"엄마는 예뻐지려고 쓰는 거잖아. 근데 그것도 못 참겠다고 하잖아. 나는!"

호흡을 한 번 가다듬었다.

"매일 쓴다고. 수업 시간 내내 말이야, 나는!"

내 말에 엄마의 얼굴이 아주 매운 볶음면을 먹었을 때보다 더 빨개졌다. 나는 두 주먹을 불끈 쥐고 엄마에게 소리쳤다.

"머리가 얼마나 무거운 줄 알아? 머리 위에 무거운 코끼리 한 마리가 올라가 있는 것 같다고! 그 느낌을 엄마가 알기나 해? 그게 나를 얼마나 힘들게 하는지 알기나 하냐고!"

너무 빨개져서 터질 것처럼 보였던 엄마의 얼굴은 어느새 피가 안 통하는 것처럼 하얗게 변해 있었다. 그 모습이 이상하게 슬퍼 보였다.

다음 날, 모자가 사라졌다. 엄마는 더는 수업 전에 책상 위에 모자를 올려 두지 않았다.

아이들이 기대하고 있는 반 행사인 핼러윈 데이가 다가오고 있었다.

"이번 주 일요일이 핼러윈 데이인 거 알고 있죠? 금요일에는 핼러윈 복장을 하고 재미있는 이야기를 나눌 거예요. 어떤 모습으로 만날지 벌써 기대되네요."

선생님과 달리 나는 걱정부터 들었다. 모자를 쓰기는 정말 싫은데. 차라리 모자를 벗을까? 오히려 내 머리는 특별하고 이상한 날인 핼러윈 데이에 잘 어울릴지도 모르니까.

"얘, 나 덥다 더워! 올여름은 왜 이리 더운지 몰라."

"엄마, 여름은 무슨 여름이야."

"그럼 이렇게 더운데 여름이 아니면 겨울이야?"

"보일러 틀었……. 그래 맞아, 엄마 말이 맞아. 더우니까 여름이지. 추우면 여름이겠어?"

"참, 너 경준이는 언제 만나기로 했어?"

할머니의 뜬금없는 질문에 엄마 대신 아빠가 웃으며 말했다.

"어머니, 윤서 엄마 친구 말하는 거죠? 그 친구는 경준이가 아니라 경진. 근데 당신 경진 씨 만나기로 했어?"

엄마의 얼굴이 찌푸려졌다. 할머니가 잘못 알고 있는 건가?

"내가 왜 경진이를 몰라. 경진이 말고 경준이도 있어요."

"그래요? 저는 처음 들어 본 이름이라서요. 우리 어머니 기억력도 좋으시네."

"우리 멋진 손녀 이름은 모윤서. 우리 딸 이름 강미희. 거기는 이름이…모, 모, 그래 모현준."

"맞아요, 어머니. 모현준."

"거기가 알고 있나 모르겠는데, 미희가 옛날에 좋아했던 사람 이름이 경준이, 최경준이에요."

며칠 전에 엄마와 아빠는 나를 앉혀 두고 할머니가 치매에 걸렸다고 이야기했다. 할머니가 점점 더 달라질 거라고 말이다. 하지만 이럴 때 할머니 모습을 보면 정말 치매가 맞나 싶다. 엄마의 첫사랑 이름도 기억할 정도니 말이다. 뭐, 이 일로 엄마한테 할머니의 지금 모습을 인정하라고 타일렀던 아빠는 조금 삐진 모양이다. 인정한다는 건 생각보다 정말 어려운 일인가 보다.

할머니는 아까처럼 계절을 헷갈려서 가끔 말도 안 되는 말을 했다. 아기처럼 떼를 쓰기도 했다.

"선풍기 가져오라고! 덥다고, 덥단 말이야."

"아, 머리 아파. 우리 집은 온통 머리가 문제야."

할머니의 그런 모습에 엄마도 짜증이 나고 화가 나기도 했을 거다. 그러니 그 말이 나오다 말았겠지.

"다 머리가 철 수세미처럼 엉켜 있……."

"철 수세미가 어때서? 철 수세미가!"

"그만 엄마! 미안해. 미안해. 내가 잘못 말했어."

나는 갑작스레 큰 소리로 따지듯 말하는 할머니 목소리에 놀랐다. 그보다 더 놀라운 건 철 수세미가 어떻냐는 할머니의 말이었다.

벌써 목요일이 되었다. 내일 수업에는 핼러윈 복장을 해야 한다. 옷은 대강 할머니가 예전에 입고 다녔던 검은색 망토를 걸칠까 했는데, 문제는 역시 머리였다. 옷걸이에 겹겹이 걸쳐 있는 모자를 바라봤다. 이럴 때는 모자 매직이 아닌 뭔가 다른 기발한 매직이 있으면 좋겠다.

몇 번이나 드는 생각이지만, 오히려 나는 모자를 쓰지 않는 게 딱 맞다. 사방팔방으로 펼쳐진 사자 머리, 검은색도 갈색도 아닌 철색, 아니 낡은 철 수세미 색깔을 가진 머리야말로 핼러윈에 딱이다. 그런 생각을 하니 이렇게 태어난 내가 더 싫어졌다.

옷장에서 망토를 꺼내며 나는 할머니한테 말을 걸었다.

"할머니, 나는 왜 이렇게 생겼을까?"

"우리 윤서가 뭐가 어때서?"

"그렇잖아, 머리가. 다른 사람들하고 너무 다르잖아."

"윤서는 빛이 나. 반짝반짝 빛이 나."

"내가 반짝반짝 빛난다고?"

"그럼, 그렇고말고. 태어났을 때부터 그랬어."

"별처럼? 별처럼 반짝반짝?"

"동글동글 반짝반짝 빛나. 철 수세미 새것처럼 말이야!"

정말 이번 생은 철 수세미에서 벗어날 수 없는 걸까? 반짝반

짝 빛나는 그게 하필 철 수세미라니. 새것이라는 것을 빼면 모든 게 또다시 제자리였다.

엄마가 실수로 말하기는 했지만, 우리 집에서 절대 해서는 안 될 말이 '철 수세미'다. 철 수세미는 더는 부엌에서 쓰지도 않는다. 할머니가 나를 보고 철 수세미라고 하는 건 모두에게 속상한 일이었다.

7
모윤서 매직

eeeeeeeee

내일 수업에 어떤 복장을 해야 할지 아무리 고민을 해 봐도 좋은 생각이 나지 않았다. 엄마 말처럼 머리가 문제였다.

진짜 공개해 버릴까? 내 머리를? 할머니 말처럼 나는 반짝반짝 빛나니까? 철 수세미 새것처럼……

'새 철 수세미?'

그러고 보니 나는 한 번도 철 수세미 새것에 대해 생각해 본 적이 없었다. 검게 탄 밥풀과 뭔지 모를 초록색 채소, 그 사이사이 고춧가루까지 덕지덕지 묻어 있는 철 수세미만 기억에 무섭게 박혀 있을 뿐이었다.

순간, 할머니 말이 틀린 말이 아닐 수도 있다는 생각이 들었다. 우리 공양자 할머니는 이것저것 헷갈릴 뿐이지 거짓말 같은 건 절대로 하지 않는다. 아무래도 안 되겠다!

마음이 급해서인지 마스크 줄이 귀에 잘 안 걸렸다. 나는 티셔츠에 달린 모자를 벗고 마스크를 귀에 잘 건 뒤 운동화를 신었다. 시간도 없는데 신발까지 왜 안 신겨지는지 모르겠다. 돌로 바이러스 때문에 밖에 잘 못 나간 사이 발이 커진 건가?

나는 운동화 앞부분을 쿡쿡 쳐 가며 신발을 신고 급하게 집 앞 편의점으로 들어갔다.

"어서 오세요."

편의점 직원이 나를 한번 쓱 쳐다보며 인사를 하고는 다른 손님이 산 물건을 계산했다. 나는 수세미가 어디 있나 찾았다. 세제 있는 곳에 종류가 다른 수세미 몇 개가 걸려 있었지만, 철 수세미는 보이지 않았다.

"안녕히 가세요."

문을 열고 나가는 내게 편의점 직원이 또 인사를 했다. 아무것도 사지 않고 나온 내가 전혀 이상하지 않다는 듯이.

집으로 그냥 갈까 하다 나는 편의점에서 조금 떨어진 곳에 있는 없는 물건이 없다는 '다있어' 매장에 가 보기로 했다. 그곳에는 분명 철 수세미가 있을 거다.

커다란 자동문을 넘어서자 큼지막한 거울 위에 네모난 층별 안내도가 붙어 있었다. 주방용품은 지하에 있었다. 계단을 내려가 철 수세미를 찾았다. 레몬, 딸기, 꽃 등 색색의 실로 만든 화려한 손뜨개 수세미가 먼저 눈에 들어왔다. 내가 철색과 같은 색이라고 생각했던 은색 스펀지 수세미도 보였다. 기분이 이상했다.

위쪽에 내가 찾던 철 수세미가 투명 비닐로 포장된 채 가지런히 걸려 있었다. 하지만 내가 찾던 철 수세미는 아니었다. 할머니 말은 틀렸다. 새 철 수세미는 빛나지 않았다. 실망스러웠다.

나는 눈만 깜박인 채 그 자리에 우두커니 서 있었다.

혹시, 자세히 보면 뭔가 다를까? 고리에 걸려 있는 철 수세미 하나를 빼내 눈앞에 바짝 갖다 댔다. 역시나 다를 게 없었다. 혹시 불량품이 아닐까? 나는 철 수세미 하나를 더 빼 보았다. 빼고 또 빼다 보니 어느새 내 손에는 고리에 걸려 있던 철 수세미가 모두 들려 있었다.

나는 빛나지 않는 철 수세미들을 다시 하나, 둘 고리에 걸기 시작했다. 손에 들고 있던 철 수세미 개수가 줄어들수록 손동작은 점점 느려졌다. 자꾸 미련이 남았다. 나는 마지막 철 수세미를 매장 천장을 빼곡하게 메운 하얀색 형광등 아래로 들어 올렸다. 순간, 철 수세미가 빛났다. 까치발을 들고 더 높이 올려 봤다. 더 빛나리라 생각했던 철 수세미는 또다시 빛나지 않았다. 아까는 순간적으로 빛이 반사되어 그렇게 보인 듯했다.

하나 남은 철 수세미를 여전히 고리에 걸지 못한 채 나는 포장된 비닐을 집어 올렸다 내렸다를 반복했다. 그때 손이 점점 떨리기 시작했다. 가슴도 쿵쾅댔다. 빛나고 있었다, 철 수세미가!

불량품도, 형광등 불빛에 반사된 것도 아니었다. 두꺼운 비닐 포장이 문제였다. 처음부터 철 수세미는 그 안에서 계속 빛나고 있었던 것이다. 맞았다. 역시 우리 공양자 할머니 말이!

철 수세미를 계산대에 올려놓았다. 계산하는 아줌마가 봉투가 필요하냐 물었고, 나는 아니라고 답했다.

"멋지네. 아주 찰떡같이 어울려. 나도 그렇게 파마 한번 해 보고 싶네."

반사적으로 손이 머리 위로 올라갔다. 나는 급하게 티셔츠에 달린 모자를 뒤집어쓰며 나도 모르게 주변 사람들을 둘러봤다. 계산하던 아줌마 말고는 내 머리에 관심이 없어 보였다. 계산서를 보고, 장바구니에 물건을 집어넣고 각자 할 일을 하고 있었다. 그러고 보니 아까 내게 인사하던 편의점 직원도, 철 수세미를 고르면서 마주쳤던 사람들도 마찬가지였다.

순간, 내가 우스꽝스럽게 느껴졌다. 아줌마 말에 반사적으로 손을 머리에 올린 것도, 급하게 티셔츠에 달린 모자를 뒤집어쓴 것도. 아무도 내게 관심이 없는데, 혼자 유난을 떤 것 같았다. 엄마에게 내 머리를 자유롭게 놔두라며 힘주어 말하던 나는 온데간데없었다.

엘리베이터 앞에 서자 네모난 층별 안내도가 붙어 있는 거울에 내 모습이 비쳤다. 안내도에 얼굴이 가려지면서 나는 만화 캐릭터 스펀지 밥처럼, 로봇처럼도 보였다. 거울 앞을 지나치는 다른 사람들 또한 나와 같은 모습으로 보였다.

나도 모르게 손이 머리 위로 올라갔다. 눈썹까지 눌러쓴 모자를 벗어 내렸지만 거울에 비친 나의 모습은 여전히 똑같았다. 나와 다른 사람들도 다르지 않았다.

엘리베이터를 탔다. 역시나 사람들은 아무도 내게 관심을 주지 않았다. 나는 엘리베이터 안에 있는 거울을 힐끗 바라봤다. 이제야 사방으로 머리가 자유롭게 뻗쳐 있는 엉킴 머리의 나, 모윤서가 보였다. 두 손 가득 빛나는 철 수세미를 쥐고 있는 내 모습은 가장 익숙한, 내가 가장 잘 알고 있는 나! 모윤서였다.

드디어, 핼러윈 복장을 하고 수업을 하기로 한 날이 밝았다.

평소 수업 시간보다 이르게 컴퓨터 모니터에는 다양하게 핼러윈 옷을 입은 아이들이 등장했다. 핼러윈 호박을 뒤집어쓴 아이도, 갈비뼈가 드러난 옷을 입은 아이도 있었다. 드라큘라와 마녀로 변장한 아이들도 많았다. 아이들은 각각의 핼러윈 복장에 대해 평가를 하기 시작했다.

나는 크게 한번 숨을 들이쉬고 길게 '휴우' 하고 내뱉은 다음 카메라 버튼을 눌렀다. 모니터에 철 수세미가 가득 달린 모자를 쓴 내가 나타났다. 화면 속의 철 수세미들은 빛을 반사해 유난히 반짝반짝 빛나고 있었다.

"저게 뭐임?"

"와우, 아주 독특한데?"

"앗, 돌로 바이러스다."

"설마 철 수세미? 에이, 아니겠지?"

다양한 의문이 채팅 창에 떠오른 가운데 선생님이 화면에 투표 창을 띄웠다.

'가장 멋진 1인은?'

나는 투표 창이 닫히기 직전에야 뒤늦게 투표를 마쳤다.

"자, 투표 결과를 알려 줄게요. 투표 결과, 가장 멋진 1인은?"

모니터에 최종 다섯 명에 든 아이들의 얼굴이 순서대로 비쳤다.

"박빙의 승부. 한 표 차이로 가장 멋진 1인이 된 사람은? 두구두구두구두구!"

아이들도 선생님을 따라 했다.

"두구두구두구두구."

"가장 멋진 1인, 모윤서!"

모니터에 투표 결과가 나타났다. 상상도 하지 못한 일이었다. 내가 가장 멋진 1인이 되다니. 한 표 차이로 뽑혔다는 사실은 더더욱 놀라웠다. 그 한 표는 내가 나에게 투표한 거였다.

"완전 신박!"

"아깝다, 내가 될 수 있었는데. 뭐, 그래도 인정."

"독특하게 멋짐."

아이들의 반응이 개구리 울음소리처럼 사방에 울려 퍼졌다. 선생님은 소란을 잠재우기 위해 카메라와 오디오를 모두 끄고,

채팅 창에 투표한 이유를 쓰라고 했다.

나도 이유를 써야 하나? 망설여졌다. 사실, 무슨 말을 써야 할지도 모르겠다. 나는 키보드에 손만 올려 둔 채 채팅 창에 올라오고 있는 글을 읽어 나갔다.

"멋짐. 철 수세미가 빛날 수도 있다는 걸 보여 줬음."

"머리에 철 수세미! 예술 점수 백만 점."

"윤서 머리에 별들이 반짝반짝!"

"최고! 윤서 매직!"

"반짝반짝 작은 별, 아니 철 수세미."

내가 1등에 뽑힌 이유는 단연 반짝거리는 철 수세미 덕이었다. 채팅 창에 올라온 글을 보고 있으니 마음이 울렁거렸다. '반짝반짝'이라는 말은 특히나 더 내 가슴을 두근거리게 했다. 아이들이 나를 두고 반짝반짝하다고 말하고 있는 것이었다.

"동쪽 하늘에서도, 서쪽 하늘에서도, 반짝반짝……."

갑자기 '작은 별' 노랫소리가 들렸다. 누군가 실수로 오디오를 끄지 않았나 보다. 곧바로 채팅 창은 아이들의 장난기 넘치는 웃음으로 가득 찼다.

"자, 윤서는 카메라 켜고 멋진 모습을 다시 한번 보여 줄래요? 모윤서?"

"보여 줘!"

"보여 줘!"

채팅 창에 떠오르는 글자들이 떼 창처럼 들렸다.

"!!!!!"

"!!!!!"

"!!!!!"

"!!!!!"

이번에는 느낌표가 돌림 노래처럼 끊임없이 이어졌다. 나를 재촉하듯 복사되어 올라가는 느낌표들이 마치 잘 엮어 놓은 매듭처럼 보이기 시작했다. 느낌표로 채워진 모니터를 나는 계속 바라보고만 있었다.

하늘로 끊임없이 올라가는 듯한 느낌표를 보니 할머니가 자주 들려주던 '해님 달님' 이야기가 생각났다. 하늘에서 내려온 동아줄을 타고 올라가 빛나는 해님도 되고 달님도 되는 이야기. 저 매듭 같은 줄을 타고 올라가면 나도 반짝이는 무언가가 될 수 있을까?

내가 태어날 때부터 반짝반짝 빛났다는 할머니의 말을 듣기라도 한 듯 아이들이 채팅 창에 반복적으로 써 놓은 '반짝반짝'이라는 말이 주문처럼 자꾸 입에서 맴돌았다. 마법사가 외우던 주문을 멈추면 빈 상자 안에서는 언제나 놀라운 게 짠 하고 나타난다. 어느새 내 입에서 계속 맴돌던 주문도 멈추었다. 나는 망설임 없이 카메라 버튼을 눌렀다.

이제, 모니터 안에서 반짝반짝 빛나는 것은 다른 무엇도 아닌 '모윤서', 오직 그대로의 '나'였다.

"뭐야? 저 이상한 모자는?"

"가발이야?"

"저 머리 찐이야?"

웃음으로 가득 찼던 채팅 창에 '모자, 가발, 모자, 머리'라는 말이 뒤엉켜 나왔다. 당연했다. 나는, 모자를 벗고 있었으니까.

♥ ♥

"내 머리야……. 진짜 내 머리."

처음으로 나는 채팅 창에 글을 썼다.

"머리는 무슨, 폭탄이다!"

"진짜 사람 머리임?"

채팅 창에 새로운 글이 자꾸 올라오고 있었다.

"모윤서, 그 사람 같음. 혀 내밀고 메롱 하는 사람."

"누구?"

"아! 그 사람?"

"아인슈탸닌, 아니 안수타이가타."

잊고 있던 말이었다. 고은이가 나에게 여러 번 했던 말 '안수타이'. 고은이를 생각하자 가슴이 무겁게 내려앉았다.

"오타 작렬. 아인슈타인!"

오타라는 말에 머리를 한 대 세게 맞은 듯했다.

"아인슈타인 머리 = 모윤서 머리? 대박 사건!"

"오, 모윤서. 아인슈타인이랑 같은 머리를 가졌다니! 멋져!"

아인슈타인? 아인슈타인이라고? 안수타이가 아인슈타인이

라니……. 그러면 고은이가 했던 '안수타이가타'는 말이 '아인슈타인 같아'라는 말이었다고? 이렇게 단순한 말을 나는 왜 알아채지 못했을까. 내 마음에도 오타가 숨어 있었던 걸까.

고은이는 다른 아이들과 달리 내 머리를 멋지게 봐 준 것이었다. 그런 고은이에게 화를 냈다고 생각하니 미안한 마음이 들었다. 동시에 '휴' 하고 안도의 한숨이 나왔다.

채팅 창은 시끌벅적했다. 아인슈타인, 모윤서 멋짐, 멋짐은 무슨, 우웩! 철 수세미, 철 수세미 + 돌로 바이러스, 사자 머리, 개성 폭발, 멋짐 폭발…….

또다시 나에 대해 이러쿵저러쿵하는 말들이 나오고 있었다. 그 모든 말을 뒤로하고 이제는 내가 나에 대해 말할 차례였다. 나는 키보드에 올려 두고만 있던 손가락을 움직이기 시작했다.

"딴따딴따, 딴따따."

키보드 소리가 '작은 별'의 멜로디처럼 경쾌하고 아름답게 들려 왔다.

" 사람들은 모낭이 둥그랗다고 한다.
엉킴털 증후군인 내 모낭 모양은 놀랍게도
하트♡♡♡ "

작가의 말

어느 날, 핸드폰 화면에 사방으로 펼쳐진 멋진 머리를 한 여자아이가 사랑스럽게 웃고 있는 사진이 떴어요. 사진 속 그 아이는 《철 수세미와 안수타이》의 윤서로 저와 새롭게 만났지요. 엉킴털 증후군인 윤서는 마법에 걸린 듯한 자신의 머리 때문에 놀림을 당하는 게 속상하기만 해요. 공양자 할머니는 그런 윤서에게 태어났을 때부터 '반짝반짝' 빛났다고 이야기해 줍니다. 그 말은 마치 마법을 풀 수 있는 주문처럼 윤서에게 다가오죠.

윤서는 쓰고 있던 모자를 벗어 봅니다. 멋진 1인을 뽑을 때는 자신에게 투표도 하고요. 나중에는 반 아이들에게 엉킴털 증후군인 자신을 온전히 보여 줍니다. 나를 사랑하는 마음이 있었기에 남과 다른 자신을 당당히 인정할 수 있었던 것이지요. 그뿐 아니라 고은이가 말한 '쇤'을 '쇠'로 생각해 화를 냈던 것에도 미안해합니다. 자신의 마음에도 오타가 숨어 있었다는 것까지 인정해요. '인정한다는 건 생각보다 정말 어려운 일인가 보다'라고 생각하고 있었던 하트 모낭을 가진 윤서는 이렇게 모든 마법을 스스로 풀었답니다. 이름하여 '모윤서 매직!'

저에게도 아주 지독한 마법에 걸린 듯 자꾸 주저앉게 되는 힘든 시간이 있었어요. 그때 써 내려간 《철 수세미와 안수타이》는 그런 저를 꿋꿋이 일어설 수 있게 해 준 주문이었어요. 저의 첫 책이 출간될 수 있게 애써 주시고 응원해 주신 모든 분께 온 마음 담아 감사의 마음을 전합니다. 아울러, 세상의 모든 공양자 할머니 같은 분들이 반짝이던 기억을 오래도록 잊지 않기를 바랍니다.

동화 작가 강난희

샘터어린이문고 082

철 수세미와 안수타이

1판 1쇄 인쇄 2025년 2월 7일 | **1판 1쇄 발행** 2025년 2월 21일
글쓴이 강난희 | **그린이** 최정인 | **펴낸이** 김성구

책임편집 김초록
디자인 이영민
콘텐츠본부 고혁 양지하 이은주 류다경
마케팅부 송영우 김지희 김나연 강소희
제작 어찬
관리 안웅기 이종관 홍성준

펴낸곳 (주)샘터사
등록 2001년 10월 15일 제1-2923호
주소 서울 종로구 창경궁로35길 26 2층(03076)
전화 1877-8941 | **팩스** 02-3672-1873
전자우편 kidsbook@isamtoh.com | **홈페이지** www.isamtoh.com

ⓒ글 강난희, 그림 최정인, 2025

ISBN 978-89-464-7484-0 73810

• 값은 뒤표지에 있습니다.
• 잘못 만들어진 책은 구입처에서 교환해 드립니다.

제조자명 : 샘터사   제조국명 : 대한민국   제조년월 : 2025년 2월 7일
대상 연령 : 8세 이상   전화번호 : 1877-8941   주소 : 서울 종로구 창경궁로35길 26 2층
＊KC 마크는 이 제품이 공통안전기준에 적합하였음을 의미합니다.
＊주의 : 책의 모서리에 다치지 않게 주의하세요.